El día mágico del conejito

Por Dani Neiley

Ilustrado por Duncan Beedie

Ayudo con la capa.

Ayudo con el sombrero.

Ayudo con la varita.

Ayudo con el telón.

Ayudo con los naipes.

Ayudo con el truco.

Ayudo con la jaula.

Ayudo con el pájaro.

Ayudo con la despedida.

¡Ayudo con el acto!

Créditos de publicación

Rachelle Cracchiolo, M.S.Ed., *Editora comercial*
Nika Fabienke, Ed.D., *Directora de contenido*
Véronique Bos, *Directora creativa*
Shaun Bernadou, *Directora de arte*
Stephanie Loureiro, *Editora asociada*
Caroline Gasca, M.S.Ed., *Editora superior*
Jess Johnson, *Diseñadora gráfica*

Créditos de imágenes: Ilustraciones de Duncan Beedie.

Library of Congress Cataloging-in-Publication Data

Names: Neiley, Dani, author. | Beedie, Duncan, illustrator.
Title: El día mágico del conejito / por Dani Neiley ; ilustrado por Duncan Beedie.
Other titles: Bunny's magic day. Spanish
Description: Huntington Beach, CA : Teacher Created Materials, [2020] | Audience: Grades K-1.
Identifiers: LCCN 2019051516 (print) | LCCN 2019051517 (ebook) | ISBN 9780743927949 (paperback) | ISBN 9780743928090 (ebook)
Subjects: LCSH: Spanish language--Readers. | Rabbits--Juvenile fiction. | Magicians--Juvenile fiction.
Classification: LCC PC4115 .N44 2020 (print) | LCC PC4115 (ebook) | DDC 468.6/2--dc23

TCM Teacher Created Materials
5301 Oceanus Drive
Huntington Beach, CA 92649-1030
www.tcmpub.com

ISBN 978-0-7439-2794-9

Printed by: 51497
Printed in: China